現　在

Story by
Awen Huang

中午時分

北市一間小學 ......

學校側門

開始集結
接小孩的家長

耐心地等待下課的鐘聲

噹～噹～噹～

終於出來了

中低年級的學生
稀稀落落地晃出校門

看到這些天真的臉
讓等到有點結賽面的大人
終於擠出了一點笑容

趕快回家吧
今天媽咪買披薩給你！

這就是全國小學放學的實況

若問我當爸爸
最大的收穫是什麼？

我的答案應該是
重新認識自己的童年

我常好奇地觀察
現代小孩學習與成長的環境
有何變化？

讓我最感到驚訝的是
現在的老師大部分都很 Nice

學生竟可以
跟老師沒大沒小地
頂嘴、抬槓、講悄悄話 ……

實在感到不可思議

上學有趣多了！

學校常會安排各式各樣的課外活動
讓你頭好又壯壯

小女常會炫耀
今天又去了哪裡
看了什麼展覽

聽完都好想問

大人可不可以去！

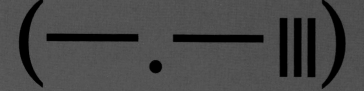

現在的小朋友　只怕你不看書

各大連鎖書局的童書區
有精美的各國兒童畫冊供你試閱

舒舒服服坐在地板上
享受每本童書的純真世界

絕不會有老闆來趕你
問你到底要不要買 ......

(卝 ⌐ Ⅲ ⌐)

看完書　總要動一動

全臺各地的小公園
都有這種遊樂設施

消耗小孩的體力
又能兼顧安全
沒有比這裡更理想的啦

軟軟的材質

**寶貝要受傷
很難啦**

想去遠一點？
也沒問題！

每個小孩都愛騎車！

什麼階段　騎什麼車
各種款式、功能
多到讓你眼花

如果你不想買　租的也可以

場地更是五星級（有省錢）

臺灣的腳踏車道
連 CNN 都說讚

還真有點小小的嫉妒
現在小孩能有這樣的環境成長

這常讓我想起
自己當小孩的那段時光

想起那個 我覺得很鳥 很鳥 很鳥 很鳥 ......

很鳥　很鳥的年代 ......

那個鳥年代

Those years

摳榴阿桑
歐羅肥
阿福
俊男
肉塊阿姑
布袋戲黃

師仔
世皇老闆
德林老闆
三重國小糾察隊
呼蜜阿姑
北縣派出所警察

世宗
空文
三重埔流氓
阿舍
網市
網腰

史豔文
藏鏡人
哈嘍爾齒
無敵鐵金鋼
科學小飛俠
小甜甜

肉呆ㄟ
夏希
黃茄
俊傑
釘孤枝陳
翹孤輪ㄟ

黃牛
黃玲丹
黃茄
俊卿
阿空ㄟ

勞萊
哈台
長腳文
矮子財
憨文
計程的

後山表弟
六年九班全體
陳阿炮
林鑼西
盧英招
順隆ㄟ

91巷鄰居
臭頭ㄟ
肖麻
黑面ㄟ
孔明車ㄟ
唱片行ㄟ

賣豬肉ㄟ
棒米芳ㄟ
憨古ㄟ
小白
屏斗ㄟ
蕤倒ㄟ

八小時全體演員
臭彈ㄟ
吳零呆ㄟ
小白
小咪
凱帝

聚臉ㄟ
林老酥
陳老酥
覷皮猴ㄟ
阿舍娘
陳阿村

黃阿丁
成成
安安
嗒弟呆
偷喂
又又

（以上排名按先想先贏）

民國60年代初期 ...... 臺北縣　三重

1

電 影 即 將 開 始

看看那年代的小孩是怎麼長大的！

拜託！

下課囉！

在沒有「媽寶」、「爸寶」 這些名詞的時代
什麼叫家長來接小孩
沒聽過！

放學時
三、四千人將整個街道塞得滿滿的畫面
依然記憶猶新

只要離開糾察隊的視線一遠
就可以自由地打叭噗、吃甜不辣 ......

喂！你有沒有一塊錢借我

明天還你！

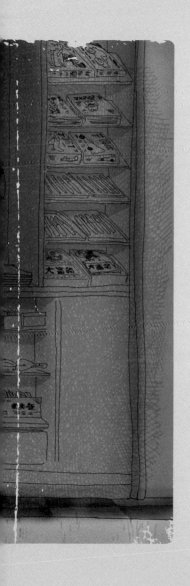

你昨天有被頭家罵嗎？

有啊！
幹！他好凶喔

一本老夫子可以看700遍
除了參考書　什麼叫兒童讀物！

倒是文具行的櫥窗
撫慰了小孩的心

望著玩具
整整一天也不厭倦

每次問爸媽　可不可以買
答案永遠只有一個

過年才能買！

爽啦！
Cool !

望著阿公那台跟聖母峰一樣高的腳踏車
常陷入很大的掙扎

說騎嘛
離地面好遠　蓋恐怖

說不騎嘛
就沒得騎了！

那年代沒有給小孩騎的腳踏車
想騎車唯一的途徑
就是騎上這種天霸王級的腳踏車

為了駕馭這匹怪獸
不知哪位聖賢研發出這種獨特騎法

從此
便常聽大人們在巷子大喊

我ㄟ孔明車咧 ……

說到體罰
好像是我們這年代小孩的宿命

小學二年級　來了一個　經常一身酒氣
動不動賞人耳光的老師
一個如來神掌巴下去　耳朵馬上發出一道尖銳的音頻
伴隨著灼熱感

熬過這個老師

三年級又換上一個動不動叫人兔子跳的老師

體
罰

你說這些老師怎麼這樣愛體罰？

原來是每個家長到學校
都會跟老師說

啊　我這囝仔
若沒乖

老蘇
您盡量打！

班長　當著大家的面宣布

老師說
明天起**講方言**　要開始罰錢

講方言！蝦米係講方言？
大家霧煞煞

我自己的解讀是
一個叫**蔣方嚴**的人　要來罰錢！

隔天才知
原來我講的話叫作方言

這習慣不是一下子能改
整整被罰了五塊錢

五塊錢有多少
你知道嗎？

同學會喊我
王永慶

蔣
方
嚴

我最賭爛就是聽這種朗誦比賽了！

校長、各位老師（ㄕ要拉長跟捲舌）、各位同學 ......

極為誇張的表情跟手勢
臉還要化妝咧

不知聽了幾百遍的解救大陸同胞

說多難受
就有多難受

老師拿著教鞭在後
亂動、講話者 ...... 馬上束落去！

那 ......

抓癢
總可以吧！

效忠領袖
保衛國家
蔣總統萬歲
消滅萬惡共匪
解救大陸苦難同胞
枕戈待旦
建設臺灣
反攻大陸
消滅朱毛
驅逐俄寇
反共抗俄
增產報國

這年代最大的特色就是
到處是標語

飲料上、課本上、作業簿上、電視上、墊板上、奶粉罐上 ......

幾乎都有標語

同學間為了
毋忘在莒

是唸「每忘在呂」還是唸「母忘在局」
爭論不休

最後老師公布答案是
「吳望在舉」......

.
.
.
.
.
.
.
喔！

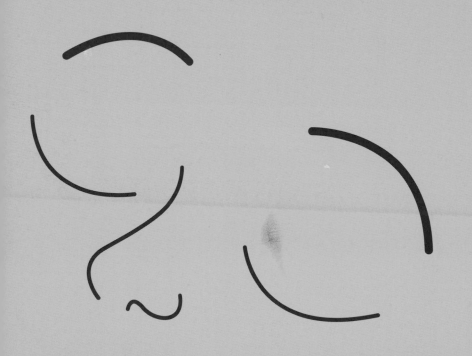

督學
來了啦！

三不五時
學校就會有督學來

這對我們倒是沒什麼影響

但學校的這些大人們　可就緊張了
跑上跑下　心神不寧的

各位同學
我再說一遍　參考書全部收起來
等下督學來　全部腰桿打直！

值日生　黑板擦乾淨點！

說實在
我還滿愛督學來的

至少這一天
過得挺清閒的

套句現在的話
小確幸啦

五股
箱屍命案

民國65年間
發生一件駭人聽聞的凶殺案
臺灣有史以來　第一次分屍命案

對當時淳樸社會而言
無疑是投下原子彈

電視日夜不停地播報這則新聞
連大人們也毛毛的　晚上都不敢出門
小孩子更不用提　每個臉都青筍筍

由於影響人心甚鉅
政府宣誓　此案非破不可
不斷呼籲民眾檢舉　破案獎金天天增加

但案情
卻陷入異常的膠著
遲遲無法偵破這喪心病狂的大案

結果你猜　怎麼著 ......

他們竟然 ......
將那分屍案裝屍體的箱子、血衣、血褲等 ......
擺在我們操場！

並要求老師帶隊去看看有沒有認識的物品

這些大人以為我們都是柯南嗎

隔天上課
請假的請假、做惡夢的做惡夢
還有被爸媽帶去收驚拜拜的 ......

雖然最後還是順利破案
但是在我們的心中早已留下很深的陰影
跟當年見證此事的同學聊起這事　還是很幹

換作是今天
哪個首長下這種命令
將小朋友的操場當命案的展示場

那不被Ｋ到　歸去死死卡好　我才輸你

有時想想
民主還真不錯

後來上網 Google了一下
原來是一個神棍
裝神弄鬼的
一個被嚇到的人到處宣揚

以訛傳訛
傳到後來

變成大陸派假鬼來臺灣
擾亂民心......

這一次

真的錯怪共匪了

在我很小的時候
臺灣發生鬧鬼事件

真正原因是什麼 也不太清楚

只記得這個畫面
整條巷子 空無一人 安靜得可怕

問我媽
為什麼都沒人

只說了一句
外面有鬼！

差點沒閃尿！

假假
鬼怪

每天過了晚上八點
就開始不安地看著時鐘

8 點 42
8 點 55
8 點 59 ......

哇！死啊

寒流

說我們這一代的孩子
是被嚇大的　那可真不是蓋的！

晚間九點推出一部反共連續劇 —— 寒流
三台聯播　不看都不行

滔滔赤禍　滾滾寒流 ......

這淒厲的主題歌一播
金正起雞母皮
尤其那個年代　晚上到處都暗摸摸

大人們其實也很挫
為了掩飾不安　都用罵小孩來壯膽

啊！今嘛係幾點
你還在籠溜連
今天數學考39分 ......　甘能看！

吼！夠衰的！

（你若不信 YouTube 還找得到寒流片頭影片　看你會不會起雞母皮）

喂！
你的頭　卡閃ㄟ

生虱母　是會傳染的！

班上只要一個中
全班就會淪陷

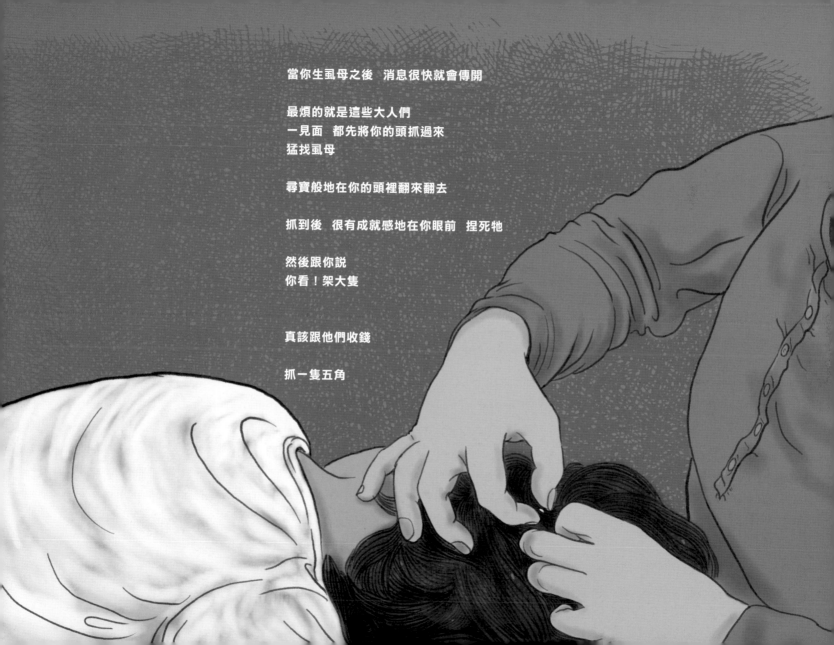

當你生虱母之後　消息很快就會傳開

最煩的就是這些大人們
一見面　都先將你的頭抓過來
猛找虱母

尋寶般地在你的頭裡翻來翻去

抓到後　很有成就感地在你眼前　捏死牠

然後跟你說
你看！架大隻

真該跟他們收錢

抓一隻五角

每隔一陣子
老師就會出個作業
寫出三個　家裡附近可疑的人物

常常應付了事　胡亂寫幾個名字送上去

陳阿舍
這個人怎麼了？

報告老師
他很奇怪喔　他整天都坐在巷子裡
好像要探查國家機密

還有呢？

報告老師！

還再找！！

家裡還留著一個這種電話
它那圓盤上，寫著一段警語
其內容如下
長途電話都經無線電路傳送，
為防止共匪竊聽，請勿談論國家機密。

（媽！剛剛舅舅打電話來說他們家停水，要來我們家洗澡）

（這樣算國家機密嗎？）

愛國電影
梅花 ✿

有段期間 全國掀起一股愛國電影熱
梅花、八百壯士、筧橋英烈傳、英烈千秋 ……

其中的經典應屬 梅花

看過沒哭
堪稱沒人性!

男孩間流行玩抗日的角色扮演
一派扮邪惡的日軍 一派扮英勇的國軍

誰都不想當日本人 因為會被打得很慘

巴葛野魯!納命來!

遠足

遠足最常去的就是　參觀工廠
利百代鉛筆工廠、金蘭醬油工廠、養樂多工廠、味全牛奶工廠 ⋯⋯

但王子麵工廠才是我們的最愛！

因為每個人都會有一包剛炸出來的王子麵
燒燒的　好吃的不得了⋯⋯

有人沒去
整整哭了兩天 ⋯⋯

學校試辦營養午餐
需要的話跟老師買票　校方透過廣播這樣宣傳

還滿貴的！
要五元
仗著小時候家境還不錯　上前跟老師買了一張

中午我婉拒了同學結伴回家吃飯

獨自走到一間臨時改裝成餐廳的教室　坐好位子
心想最好是美國人吃的那種
有飲料、麵包啦 ……

沒多久
校工一人發了一包王子麵
叫我們自己撕開粉倒進去

然後從廚房提了一大壺剛燒好的開水

大喊
燒喔！燒喔！

不要偎過來 ……

經歷過無數大雨的夜晚

但就屬這個夜晚的暴風雨最讓我印象深刻

我已半躺在床上
窗外突然打了幾聲響雷
瞬間風強雨驟

爸爸趕緊鎖好門窗

四周安靜得讓人窒息

一種莫名的不安　伴隨入眠

隔天
才知出大事了！

偉大的蔣總統　逝世了！

上學的途中　沒人是笑的

校長朝會半哽咽地宣布這項消息
哭聲從四面八方傳來

電視、報紙　全部黑白
綜藝節目、卡通　全面停播

全國進入只有黑白的世界

再嬉皮笑臉就打下去！
Hey！Your Fucking Face

上學不再是件快樂的事

無數的追思典禮　無盡的永懷領袖歌曲背誦

美勞課、體育課、音樂課　無限期停止！

不斷地唱著 ......

巍巍蕩蕩，民無能名！巍巍蕩蕩，民無能名！
革命實繼志中山，篤學則接武陽明，
黃埔怒濤，奮墨経而耀日星；重慶精誠，掣白梃以撻堅甲利兵，

使百萬之眾輸誠何易，使渠帥投服復皆不受敵之脅從；
使十數刀俎帝國，取消不平等條約，而卒使之平；
使驕妄強敵畏威懷德，至今尚猶感激涕零。

南陽諸葛，汾陽子儀，猶當愧其未之能行！

....（還有很多　自己 Google）

有天我甚至認為　再也不會有彩色了.....

總統 蔣公，
您是人類的救星，您是世界的偉人
He is a Superman

全國到了這天
哀傷的情緒到了最高點

左右鄰居互揪　去靈車行經路線

跪送　總統 蔣公

蔣公，我們永遠懷念您
Oh! Grandpa ....

慈湖謁陵
是當時很多學生必去的遠足行程

湖光山色
風景十分優美

但這裡
可不是你能嬉皮笑臉的地方

來了各校的學生　遊覽車停得滿滿
卻非常地安靜

走在偌大的園區

只有遠處傳來的鳥叫聲

跟學生有節奏的步伐聲

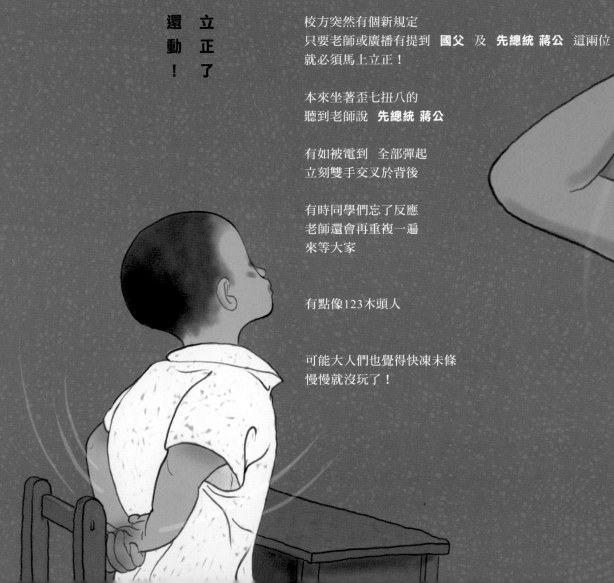

立正了
還動！

校方突然有個新規定
只要老師或廣播有提到　國父　及　先總統　蔣公　這兩位
就必須馬上立正！

本來坐著歪七扭八的
聽到老師說　先總統　蔣公

有如被電到　全部彈起
立刻雙手交叉於背後

有時同學們忘了反應
老師還會再重複一遍
來等大家

有點像123木頭人

可能大人們也覺得快凍未條
慢慢就沒玩了！

每隔一陣子
就會有駕著米格機的反共義士
投奔自由來到臺灣

反共義士所到之處　宛如巨星般受盡尊寵

漂亮阿姨爭著要當他的新娘

叔叔、伯伯們則忙著計算
黃金萬兩　到底價值多少錢？

吼！
這要給我
嘸知有多好

你喔
去撞壁吧！

我長大後的志願
是當**反共義士**！

一二三自由日

每年123自山日
最大的印象就是
世界反共聯盟主席　谷正綱
他那非常激動的演講

至於這節日的用意

我想有**自由**兩字

應該是這天
你可以很自由

但其實

．
　．
　　．
　　　．
　　　　．
　　　　　．

還好！

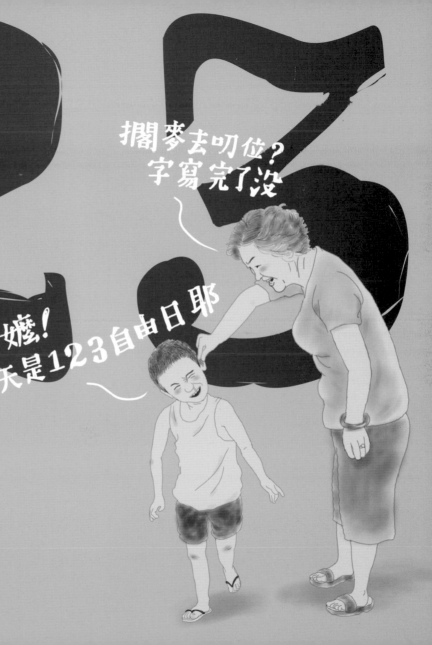

攔麥去叨位？
字寫完了沒

阿嬤！
今天是123自由日耶

那個年代的小孩　幾乎都有集郵 ......
大部分都是將寄來家裡的信
硬拔下來

將十大建設　全部收集完整
是很多人努力的目標
但不是差蘇澳港
就是差核能發電廠 ......

媽！
你趕快叫舅舅寫信來啦

要貼蘇澳港啦！

國定假日　大街小巷　家家戶戶　懸掛國旗的情景

國
旗

這青天白日滿地紅的國旗
還真不是普通的難畫
將12道光芒平均分布在圓周上
不是件簡單的事

美勞課畫到最後
只求遠看像就好了……

現在看到國旗的機會
變得少了

回國時
飛機降落桃園機場
直到看到那面大國旗

才有種踏實的感覺

看電影 先起立唱國歌的情景

終於到家了

念高中時
班上同學已經有人在校外接出版社的案子來做
主要的工作是將漫畫上的星星
用立可白或黑筆去掉一個角
由於數量龐大　班上同學都會分一些幫忙

回憶起小學的漫畫書
很早就發現　看不到正常五角的星形

在那時　無人能給我解答
只聽說　好像共匪他們的國旗有星星

美勞課時大家有默契地
會畫四角的　六角的　七角　八角
就是不畫五角的星星

後來我發現一個祕密
要看五角的星星
只有一個地方

美國國旗

本頁特向　手塚治蟲大師　致敬

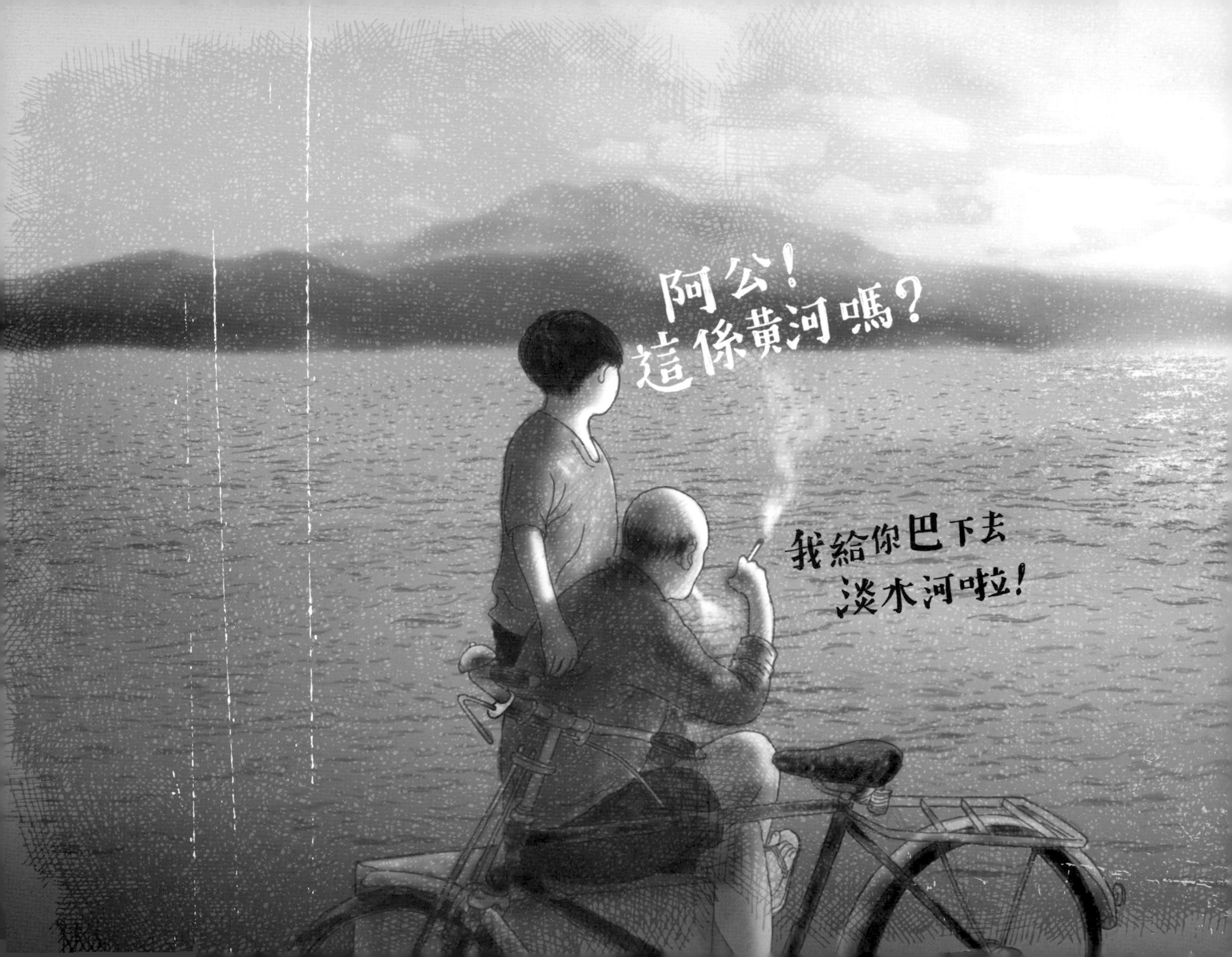
阿公！
這係黃河嗎？
我給你巴下去
淡水河啦！

福爾摩沙
Formosa

小時候的認知裡

長江、黃河才是河
喜馬拉雅山才是山

其他的都沒有名字......

前陣子上戲院
看了　**看見台灣**　紀錄片

最後一幕
孩子們在玉山上唱歌的畫面

感動到飆淚
．
．
．
．
．
．
．
．
．

福爾摩沙
你好嗎

以前的三重埔特產是流氓

高一進入永和讀書
老師調查各縣市的就學情形
中和、板橋、新莊……
同學一一舉手

唸到三重時
只有我舉手

全班這時　突然安靜

很怕地問我
你是不是

流氓……

跨三小！

流氓
拖鞋

那時候的流氓　很流行穿這種拖鞋
裝有鐵片　走起路來
ㄎㄧ　ㄎㄧ　ㄎㄧㄚ　ㄎㄧㄚ的

聽到那聲音
就自然會閃遠一點

他們常會想辦法改裝　讓它變得更響亮
更 Pro 的還會冒出火花咧

當一大群流氓聚集時
那響聲更是驚人

但雨天的時候就比較少看到他們穿

我想大概
很滑吧

流氓
車隊

一天跟我媽到菜市場
忽然震天價響

一整排野狼機車陣
兩人一車
後載的手持一把長刀
整齊得跟憲兵機車連有拚

轟隆隆地呼嘯而過
眾人只敢低著頭　眼睛偷偷地瞄

多年來　這個畫面在我腦海遲遲不散
此畫訴說著當年三重埔流氓的盛況

我常想

這些人的年紀
現在也都該是阿公了吧！

搞不好
還是到處做善事的阿公咧

宅急便 舢舨

臺灣的服務業是出了名的
這可不是現在才如此

早年　每逢大雨　都要淹個幾天
對我們來說
已經很習慣生活在威尼斯了

貼心的菜販
會駕著舢舨　大聲叫賣

從上俯瞰菜色
然後再丟來丟去　進行交易

喂！
啊這種天
你嘛算卡俗勒！

恐龍
五金車

媽！賣五金的來囉！

這台跟恐龍一樣大的五金拖車
大老遠就能看到

將整個五金行搬到你家
讓你盡情挑選的服務
至今仍無一家網路業者能做到

不過

退換貨
老闆會很不爽

賣麻吉ㄟ

ㄊㄧㄠㄚㄊㄧㄠㄚ……

每次都被這聲音　搞得很緊張

翻箱倒櫃

看能不能發現個幾塊錢

吼！找到了齁

兩摳

卡緊咧啦

賣麻吉ㄟ

賣造啦！

ㄊㄊㄊ

清冰

現在的挫冰
常常料多到看不到冰
以前常吃一種最便宜的清冰
只有糖水
跟兩三滴的紅紅酸梅汁
吃完
包你 加冷筍

麵茶

晚上才會出現的麵茶
會發出一種 嗶—— 的聲音
在深夜裡特別有種淒涼的感覺
老實說有點不太敢靠近這種攤子
直到有一大爸爸端了一碗香香的麵茶進來
才知這應好吃
嗶聲聽起來再也不淒涼 而更像是吃消夜的口哨了

中秋節

以前過中秋
是沒人在烤肉的
看著月亮吃著月餅、柚子
再搭配一壺熱茶
是真正傳統的過法

不知是哪一個人
開了這第一槍 烤起肉來
那烤肉香
一飄過來
哎呦
趕緊起火啦吼！

中秋

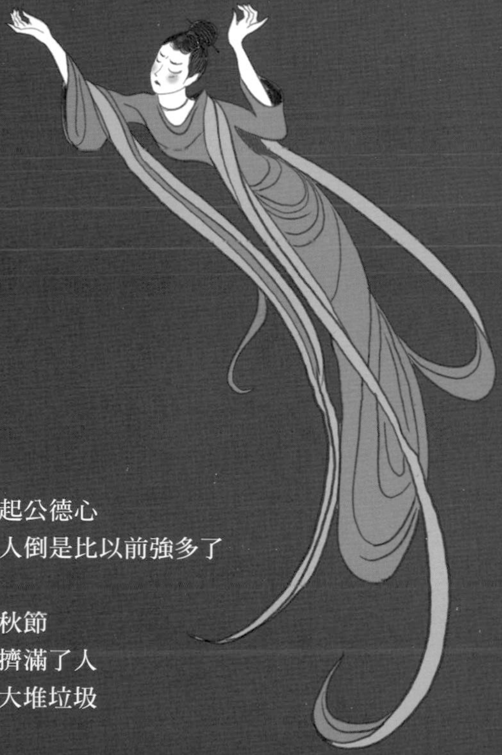

不過談起公德心
現在的人倒是比以前強多了

每年中秋節
公園裡擠滿了人
留下一大堆垃圾

讓當局相當頭大
甚至還發明了一句口號

別讓嫦娥笑我們髒

夠羞羞臉了吧

獅吼功

這不是人情味　什麼是人情味
我們那條小巷　每個鄰居都跟家人一樣

天空看起來
強強要落雨的樣子

我們隔壁的阿桑
就會用跟電影一樣的獅吼功

大喊

要落雨囉
卡緊收衫喔！

不到幾秒
收光光

奉茶

那年代
沒有那麼多方便的超商

小孩們常常玩得滿身大汗
渴得要命

沒關係
有奉茶可以喝

運氣好一點
還能喝到冬瓜茶、仙草冰

你說說看

這些人
有讚沒有

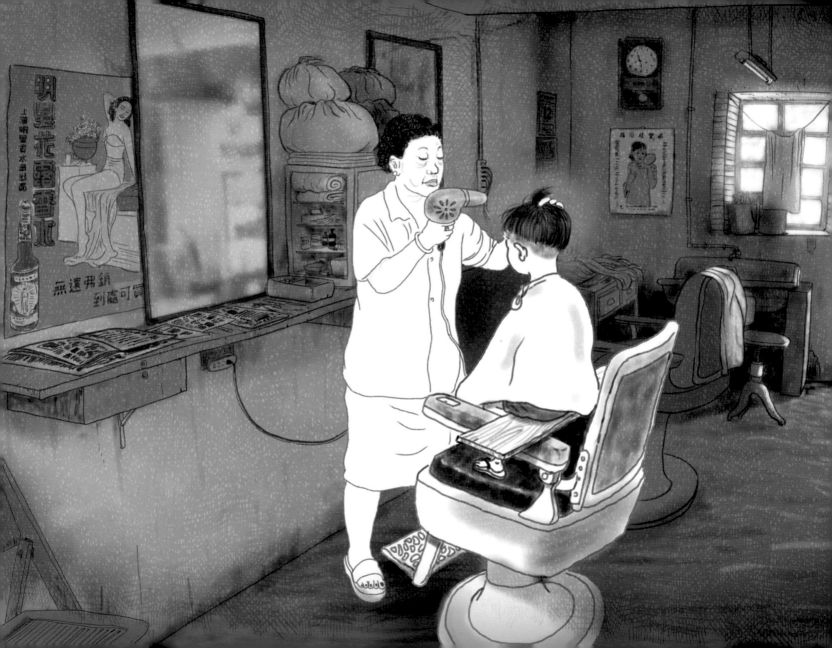

想到要去嘎頭毛
就會心頭一揪

將木板跨在理髮椅上面
就是小孩剪髮 專有的座位

剃頭阿桑
叫你賣動 就要賣動
叫你頭卡歪 就要頭卡歪ㄟ

整個頭快要埋進阿桑的身體
趁空檔 趕快換氣呼吸

心裡不斷吶喊
剃卡緊ㄟ 剃卡緊ㄟ

好！嘎完啊！

阿桑總算剪完
快速將錢塞給阿桑

喂！找錢啊！
吼！跑嘎那飛咧！

售票亭

木頭搭建的售票亭
裡面除了販售車票之外　也有簡單的零食　口香糖啦　酸梅啦 ......
還兼賣暈車藥咧

前面玻璃有個小圓洞　每個人都得湊到那圓洞講話

小姐！
全票一張
還有一元白雪公主口香糖 ......

公車

俗稱牛頭公車
這我只搭過一次　就絕跡了

與其說公車
不如說是拖拉庫　還比較貼切

車上有股濃濃的黑煙味　引擎聲很大

更重要的是
沒冷氣

現在悠遊卡「嗶」一聲便完成收費
方便極了！

以前都用這種票卡
司機會用票剪將卡片一格一格剪掉

據說下班後　他們會將這些一格一格的小紙片
收集起來　一一貼在紙上　再來計算公車的收入

光想我頭都暈了

昔日
地標

吃小吃、訂作控巴拉褲的**中華商場**
看表演、瓊斯盃籃球賽的**中華體育館**

昔日的臺北兩大地標

沒去過這兩個地方　別說你到過臺北

後來
拆的拆　火燒的火燒 ......

每次經過原址
好像隱約還能看到這些影像 ......

改天真該去掛個精神科 ......（-＿-;;）

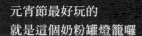

元宵節最好玩的
就是這個奶粉罐燈籠囉

底部敲幾個洞　蠟燭放進去　就完成了
再綁根鐵絲　可以提來提去

晚上提這個燈籠
格外的漂亮

將蠟燭置於地面
再將奶粉罐蓋上
在上面炒菜

是另一種玩法

提到後來
都嘛變成在炒菜

都說自己是

傅培梅

以鐵釘敲出數孔

鐵絲

大同水上樂園

早年去一趟遊樂園
是一件大事

板橋新開了一家大同水上樂園

透早出門時

爸爸穿西裝
媽媽把結婚的衣服拿出來
好像要去吃喜酒

引來鄰居的側目

殊不知
去到那　是要脫光光的

阿　林
公　旺

圡圓山動物園
一定會看到大象林旺

還沒到
就先聞到濃濃的賽巴味

民國六年出生的林旺
大半生都在戰場
見過大風大浪

小孩在牠面前大呼小叫的
在牠眼裡應該是一群猴子吧

幾年前聽到牠的死訊 ……

那濃濃的**賽巴味**

真叫人懷念

卡通　時間

珍貴的30分鐘

6點到6:30
為全天唯一的卡通時段
扣掉廣告、片頭、片尾歌曲

頂多剩15分鐘

這段期間
若想維持良好親子關係

切忌打擾！

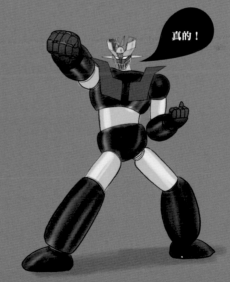

真的！

當時著名的卡通　科學小飛俠 / 無敵鐵金剛 / 海底小遊俠 / 龍龍與忠狗 / 小甜甜 / 小英的故事 / 頑皮豹 / 湯姆歷險記 / 海王子 / 恐龍救生隊 / 北海小英雄 / 雷鳥神機隊 / 小蜜蜂
天方夜譚 / 悟空大冒險 / 大力水手 / 寶馬王子 / 小獅王 / 萬里尋母 / 咪咪流浪記 / 金銀島 ......

藏
鏡
人

哇哈哈 ……
我就係 **轟動武林 驚動萬教ㄟ藏鏡人啦**
哇哈哈 ……, 哈

啊 啊 啊 哇就係 **哈嘍兩齒**啦（口吃狀）……

中午時段播出的布袋戲
掀起了全國布袋戲風潮
學生中午配飯看 大人邊工作邊看 全國都在看 ……

每天都有人在
哇哈哈 …… 哇哈哈 ……

你歸工就是在哇哈哈 ……
我卡等 就給你哇哈哈！

我媽在生氣了……

噓 ……

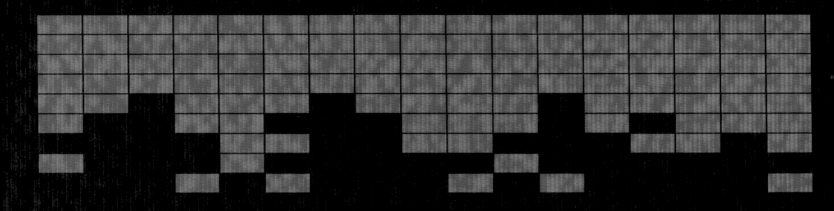

菜市場旁的文具店前
突然擺了一台從沒見過的奇怪玩意兒

圍觀的人　議論紛紛

哎！這不是電視嗎？這顆鈕是幹嘛用的？
抓住旋鈕亂轉一通！

有人投錢了！

螢幕上的小白點
竟然開始動起來
跑上跑下地把上面的磚塊一個一個敲掉

全部的人就跟原始人看到打火機一樣
嘴巴張得口水都滴下來了

這就是全世界電玩遊戲的開基祖
黑白螢幕　名為**打磚塊**

我們稱為　ㄅㄡ　ㄎㄧ　ㄅㄡ

讀了蘋果創辦人**賈伯斯傳**之後

才知道
原來當年這個打磚塊的設計過程
他也是功臣之一

忽然有種想點炷香
來遙拜的念頭！

（臺灣地區）兒童遊戲類型研究

畫

NG

評比

限公司提供

驅除韃虜

保

證

精

彩

特別企畫 SPECIAL PLANNING **壹 | 跳馬** ㄊㄧㄠˋ ㄇㄚˇ

刺激程度 ★★★☆
翻臉程度 ★★★★
技術程度 ★★★☆
花錢程度

不用工具　隨時能玩的遊戲

當馬的人會逐漸升高背部
直到跳不過去
就換人當馬

為了快速擺脫當馬的頹勢
有人會趁跳躍途中
急速升高

造成相撞意外

(缺點) 要特別留意小鳥

本遊戲極易受地形限制
需有防火巷且寬度適中

與其說是遊戲
其實比較接近個人武藝的展現

與輕功一起搭配練習
效果加倍

缺點 容易被人誤認為小偷

刺激程度 ★★★★☆
翻臉程度 ☆
技術程度 ★★★★☆
花錢程度

發揚中華民族文化

特別企畫 參 SPECIAL PLANNING 夾麵包

ㄐㄧㄚˊ
ㄇㄧㄢˋㄅㄠ

刺激程度 ★★★★
翻臉程度 ★★★★★
技術程度 ★★★☆
花錢程度

被夾者須用腳碰觸他人身體
才有機會換人當鬼
當鬼者須承受多人身體重量

瘦弱膽小者
通常無力承擔此大任

哭
是中止此遊戲的
最佳辦法

缺點 要吃鐵牛運功散

特別企畫 SPECIAL PLANNING 肆 跳格子

ㄊㄧㄠˋ ㄍㄜˊ˙ㄗ

刺激程度 ★☆
翻臉程度 ☆
技術程度 ★★★☆
花錢程度 ☆

此遊戲
通常是刺激的玩久了
想要尋求平靜的一項遊戲

只要準備一顆石頭
從第一格跳到天空那格 迴轉
再撿回自己的石頭

即大功告成

缺點 常忘了回家可以用雙腳

實踐國民生活須知

特別企畫 伍 踢毽子
ㄊㄧ ㄐㄧㄢˋ ˙ㄗ
SPECIAL PLANNING

刺激程度 ★★★
翻臉程度 ☆
技術程度 ★★★★★
花錢程度 ★★

堪稱最有技術性的一項技能

會踢者可一個上午
毽子還未落地

不會踢的
跟插秧沒什麼兩樣

缺點 也分兩種

會踢者 腳很痠
不會踢者 腰很痠

刺激程度 ★★★☆
翻臉程度 ★★★★☆
技術程度 ★★★★
花錢程度 ★★★★★

發揚中華民族文化

技術性僅次於踢鍵子
需長時間練習
才能立於不敗之地

否則

萬貫家財
一夜輸光

缺點 容易覬覦他人的財產

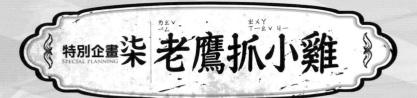

特別企畫 **柒** SPECIAL PLANNING

老鷹抓小雞

刺激程度 ★★★★☆
翻臉程度 ★★★★
技術程度 ★★★
花錢程度

有大將之風
能保護小雞的母雞
一雞難求

尤其隊伍拖太長
墊底的小雞
只能自求多福

老鷹表面上很威
但卻常軟腳

缺點 衣服常拉成XL號

特別企畫 **捌｜捉迷藏**

ㄓㄨㄛ／ㄇㄧ／ㄘㄤ／

刺激程度 ★★★★
翻臉程度 ★
技術程度 ★
花錢程度

發揚中華民族文化

百玩不膩
堪稱遊戲之王

想不出玩什麼時
最常出現在選項之中

最忌遊戲結束
無人告知
藏到昏天暗地

缺點 對於當鬼者「偷看」
完全沒皮條

特別企畫 **玖 釘干樂**
SPECIAL PLANNING
（陀螺）

刺激程度 ★★★☆
翻臉程度 ★★★★
技術程度 ★★★☆
花錢程度 ★★★☆

瞄準好別人的干樂　大力甩下去
以離心力將別人彈出圈圈外

如能釘碎干樂
為最佳

是一項強調力度與準度並重的遊戲

缺點 纏線很煩

刺激程度 ☆
翻臉程度 ★
技術程度 ★★
花錢程度 ★★★★☆

發揚中華民族文化

本遊戲以女生為主
男生有時也會客串扮演

大多以王子或馬匹出現
且多為跑龍套
出現一下　便離開

缺點 必須不斷增添行頭
及更新流行資訊

特別企畫 SPECIAL PLANNING 拾壹 跳橡皮筋

ㄊㄧㄠˋ ㄒㄧㄤ丶 ㄆㄧˊ ㄐㄧㄣ

刺激程度 ★★☆
翻臉程度 ★★
技術程度 ★★★★
花錢程度 ★★★☆

須斥資編織一條長約四公尺的橡皮筋辮子

以不觸碰手為原則
憑智慧　跨越這一道道的關卡
是個相當具有挑戰性的遊戲

但長期以來本遊戲女強男弱
至今原因不明

 需定期維修橡皮筋辮子

做個活活潑潑的好學生

做個堂堂正正的中國人

完畢

遊戲多如繁星，無法全面囊括，如有遺憾，敬請見諒

中華民國六十年代復興基地（臺灣地區）兒童遊戲類型研究

本單元由夏希夏井有限公司 提供

莫忘國仇家恨

老師今天比較忙
接下來幾堂課　同學們自習
班長維持好秩序！
帶隊放學！

今天真是好狗運
老師整個下午不在

這個消息讓整個　身　心　靈　達到完全的放鬆

操場上的蟬　唧唧大叫
夏天熱熱的風吹沙　穿過木頭的窗戶　輕輕吹了進來
讓人昏沉沉的　好舒服

噹～噹～噹～
放學的鐘聲響起

班長咧？

瞎米！
班長睏去啊 ……

吃 放
草 牛

民歌的出現
那真是有如天籟降臨

簡單的歌詞　清新的樂風
迅速在國小裡竄紅

遠足遊覽車裡　全班大合唱

**晚風輕拂澎湖灣　白浪逐沙灘
沒有椰林綴斜陽　只是一片海藍藍** ......

班上一對男女生　輕輕唱著

**看看我、聽聽我，
我裝扮為了你、我歌唱為了你** ......

立刻引來全班

喉喔 ————

戀　　愛！！！

童年的時光
就跟小朋友放的報紙風箏一樣

越放越高、越飛越遠 ......

所能依靠的
就只有

回憶

這條細細的線

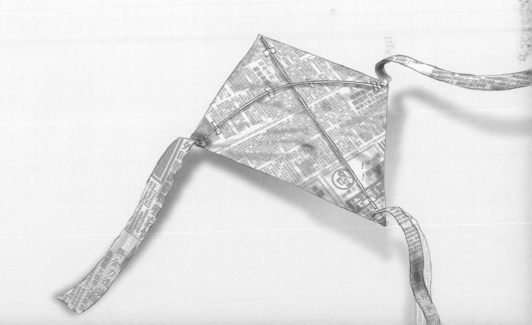

經過這麼多年⋯⋯

臺灣已蛻變成一個很棒的地方　　想玩什麼　想吃什麼　想買什麼　想說什麼......

什麼都有　什麼都可以……

愛去哪　就去哪......

那有
思
年
Those
years

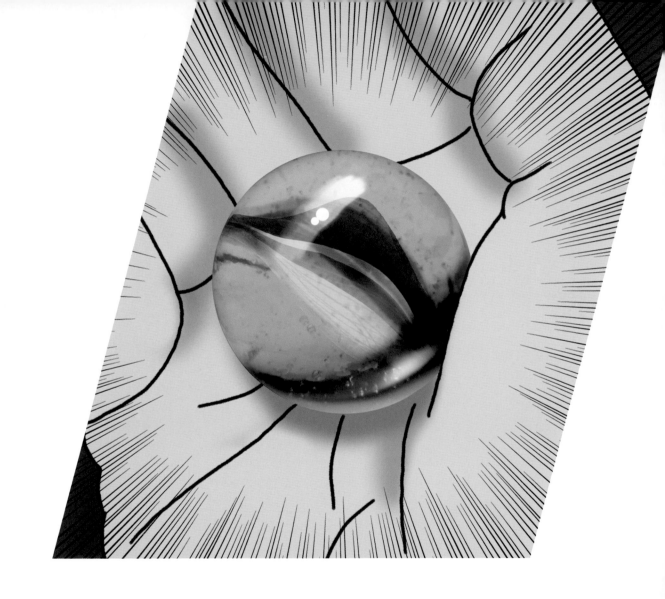

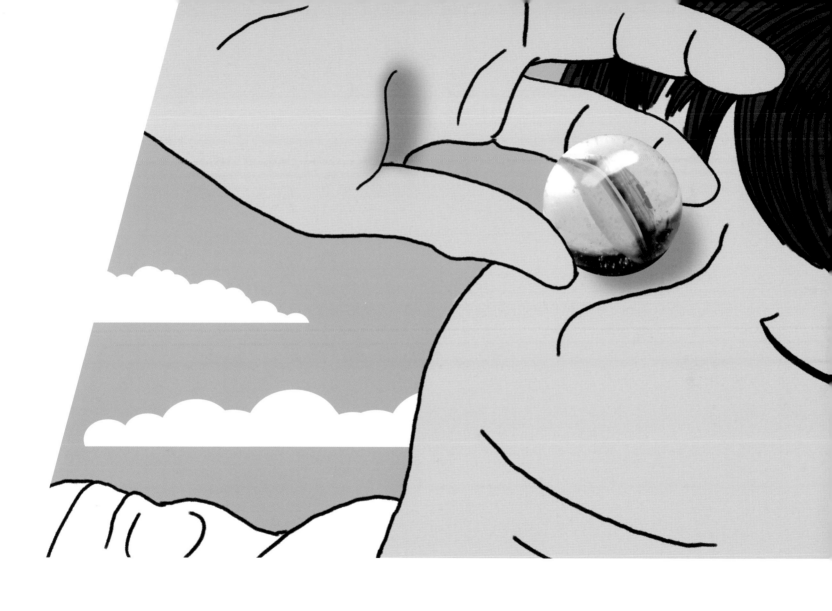

但回憶起

那個 很鳥 很鳥 很鳥 的年代 ....

卻常讓我
心裡充滿溫暖

終

THE END

（本書謹獻給生活在這片土地上的所有小孩、大人）

國家圖書館出版品預行編目(CIP)資料

那個鳥年代／黃聖文著. —— 初版. —— 臺北市
商周出版：家庭傳媒城邦分公司發行, 民105.4
　　面；　公分.
　　ISBN 978-986-92880-7-1（精裝）

855　　　　　　　　　　　　　　　105003696

黃聖文

民國56年生（1967）已婚／育有一女　現居北市

復興美工科／中國文化大學美術系畢業
曾任 志仁家商廣設科導師／外貿協會設計推廣中心特約專員

1995年成立工作室至今
為國內資深封面設計師

作品曾獲臺北國際視覺設計展 書籍設計金獎

本書醞釀二十年　繪製三年
首度挑戰圖文書創作

那個鳥年代

作者／黃聖文　企畫選書人／黃淑貞、楊如玉　責任編輯／楊如玉

版　　　權／翁靜如
行 銷 業 務／李衍逸、黃崇華
總 經 理／彭之琬
發 行 人／何飛鵬
法 律 顧 問／台英國際商務法律事務所　羅明通律師
出　　　版／商周出版
　　　　　　台北市104民生東路二段141號9樓
　　　　　　電話：(02) 25007008　傳真：(02)25007759
　　　　　　E-mail:bwp.service@cite.com.tw
發　　　行／英屬蓋曼群島商家庭傳媒股份有限公司城邦分公司
　　　　　　台北市中山區民生東路二段141號2樓
　　　　　　書虫客服服務專線：02-25007718；25007719
　　　　　　服務時間：週一至週五上午09:30-12:00；下午13:30-17:00
　　　　　　24小時傳真專線：02-25001990；25001991
　　　　　　劃撥帳號：19863813；戶名：書虫股份有限公司
　　　　　　讀者服務信箱：service@readingclub.com.tw
　　　　　　城邦讀書花園：www.cite.com.tw
香港發行所／城邦（香港）出版集團有限公司
　　　　　　香港灣仔駱克道193號東超商業中心1樓
　　　　　　E-mail:hkcite@biznetvigator.com
　　　　　　電話：(852) 25086231　傳真：(852) 25789337
馬新發行所／城邦（馬新）出版集團【Cite (M) Sdn. Bhd.】
　　　　　　41, Jalan Radin Anum, Bandar Baru Sri Petaling,
　　　　　　57000 Kuala Lumpur, Malaysia.
　　　　　　Tel:(603) 90578822　Fax:(603) 90576622
　　　　　　email:cite@cite.com.my

版 型 設 計／黃聖文、陳鴻村
封 面 設 計／黃聖文
印　　　刷／高典印刷有限公司
經　　　銷／聯合發行股份有限公司
　　　　　　地址：新北市231新店區寶橋路235巷6弄6號2樓
　　　　　　電話：(02) 2917-8022　傳真：(02) 2917-0053

2016年4月初版　　　　　　　　　　　Printed in Taiwan

定價450元
ISBN 978-986-92880-7-1